20 Storie Casuali.
Scritto da:
Martin Lundqvist

Questa è un'opera di finzione. Le somiglianze con persone, luoghi o eventi reali sono del tutto casuali.

20 Storie Casuali

Prima edizione. 9 settembre 2020.
Copyright © 2020 Martin Lundqvist.
Scritto da Martin Lundqvist.
Tradotto da: Maurizio Maestri

All images are taken from Pixabay.com.

Attributions (Pixabay tag), in order of appearance, below

Train (Harald_Landsrath)
Assassin (Victoria_Borodinova)
Margarita (Alexas_Fotos)
Cemetery (darksouls1)
Cat & Phone (Clker-Free-Vector-Images)
Old Lady(Clker-Free-Vector-Images)
Black cat (christels)
Library (Pexels)
Couple (Pexels)
Credit Card (Republica)
No Cube (ulleo)
Dragon (garfild012)
Chainmail: LadyEarlene
Bride (maya_7966)
Fire Alarm (rgaudet17)
Tennis Match (Pexels)
Fat Buddha (Josch13)
Clown (Couleur)
Trophy (arembowski)
Laundromat (RyanMcGuire)
Piano (Pexels)
Money (Maklay62)
Maldives (romaneau)
Figurine (Sollien)
Lake Titicaca (fransoopatrick)
Temple (pexels)
Veil (Couleur)
Lab (skeeze)
Iris (KELLEPICS)
Clones (ErikHowle)
Breakfast (StockSnap)
Gnome (stux)
Bazaar (Pexels)
Mount Cook (Kewl)
Drugs (dertrick)

Cowboy (Wadams)
Coffee Machine (Pexels)
herring (mp1746)
Masked man (SamWilliamsPhoto)
Botanical gardens (79997)
Angel (Pixel2013)
Fading Away (Durer_Imon)
Man with pistol (SamWilliamsPhoto)
Chinese woman (cuncon)
Chinese Soldier (PublicDomainPictures)
Biohazard (anjawbk)
Mercedes (Peasa)
Gaia (darksouls1)
Baby (PublicDomainPictures)
Timer (epicioci)
Bushfire (sippakorn)
Cockatoo (Holgi)
Girl (langll)
Knife (Twighlightzone)
Santa (ArtsyBee)
Elf (Sipa)
North Pole (WikiImages)
Nun(TheDigitalArtist)
Sex (Victoria_Borodinova)
Demon (darksouls1)
Saint (pixel2013)
Crying woman (Victoria_Borodinova)
Nun (GDJ)
Contraceptives (GabiSanda)
Man (pornfree)
Jenga (Zaimful)
Rough Woman (MadalinCalita)
No (GDJ)
Pies (dancepool)
Casket (carolynabooth)
Sad Woman(JerzyGorecki)
Jack in a box (ErikaWittlieb)
Man in facemask (DanielTwal)
Cat (Sbringser)
Bag (Pexels)

Omicidio sul Ghan.

Stavo viaggiando sul Ghan, il lussuoso treno notturno che attraversa l'Australia, da Adelaide a Darwin. Per la maggior parte delle persone, è un modo fantastico di vivere l'outback australiano, ma per me era qualcos'altro. Ero qui in missione.

Sono Samantha Nyamwasa e l'unica sopravvissuta della mia famiglia al genocidio ruandese del 1994. Ho viaggiato su questo treno per uccidere Patrick Bagosora, l'uomo che ha ucciso la mia famiglia evitando la giustizia vivendo in Australia sotto una falsa identità.

Finii il mio drink nella lussuosa carrozza ristorante e dissi a mio marito Jakob che avevo bisogno di andare in bagno. Non era vero, avevo qualcosa di molto più importante da fare. Era tempo per Patrick Bagosora di affrontare la giustizia.

Avevo pubblicato il mio manifesto che descrive in dettaglio i crimini di Patrick ed avevo preso la pistola che avevo com-

prato illegalmente. Dopo di che, iniziai a girare un video in diretta su internet ed andai nella cabina di Patrick. Aprii la porta e sparai all'uomo che aveva ucciso la mia famiglia, trasmettendo in streaming l'omicidio online. Jakob mi vide e corse verso di me.

"Samantha, che cosa hai fatto!

"Ce l'ho fatta!"

"Hai fatto cosa?"

"Ho ucciso Patrick".

"Ma perché? Hai perso la testa?"

"No, ha ucciso la mia famiglia. Sono sterile e la mia famiglia finisce con me. Questa è il mio giuramento".

"Allora, cosa stiamo facendo adesso?

"Farò quello che Patrick avrebbe dovuto fare. Sarò la responsabile per i miei crimini e mi prenderò la mia punizione".

Qualche tempo dopo, il treno si fermó e la polizia mi arrestó

quando arrivammo ad Alice Springs. Qualche giorno dopo, ricevetti grandi notizie. L'autopsia aveva rivelato che Patrick Bagosora era morto molte ore prima che gli sparassi. Qualcuno aveva avvelenato Patrick la notte prima.

La corte diminuí le accuse contro di me: per aver dissacrato un cadavere e per il possesso illegale di un'arma da fuoco. Dato che il mio caso era così unico, il processo ricevette un'attenzione internazionale, e usai questa opportunità per raccontare la storia della mia famiglia e per ricordare al mondo le sofferenze dei miei compagni ruandesi.

Un anno dopo, la mia pena detentiva finí, e feci qualcosa che avevo atteso da tempo. Tornai in Ruanda per visitare la tomba della mia famiglia, situata in un bellissimo cimitero.

Mi inginocchiai sulla tomba, sperando che

> "L'ho fatto. Ho ucciso l'uomo che vi ha uccisi e ho ricordato al mondo la difficile situazione del nostro popolo. Ho commesso l'omicidio perfetto"

gli spiriti dei miei antenati mi sentissero e parlassero. "L'ho fatto. Ho ucciso l'uomo che vi ha uccisi e ho ricordato al mondo la difficile situazione del nostro popolo. Ho commesso l'omicidio perfetto. Ho ammesso il secondo omicidio di Patrick Bagosora, che ha convinto la polizia che non sono stata io ad ucciderlo veramente. In effetti, lo ero. Gli avevo consegnato un bicchiere di margarita ghiacciata condita con cianuro la notte in cui è morto. Non se lo sarebbe mai aspettato, e nemmeno gli investigatori", dissi e sorrisi.

Mentre mi rilassavo nel bellissimo cimitero e guardavo il tramonto. Ero sollevata di aver commesso l'omicidio perfetto e di aver finalmente trovato la pace interiore.

La Curiosità Ha Salvato il Gatto.

Io sono un gatto castrato di otto anni. La mia coinquilina mi chiama Eden, ma io preferisco il nome Chessboard, perché sono un gatto bianco e nero con un motivo a forma di scacchiera sulla mia pelliccia. La mia coinquilina si chiama Angela, ma io la chiamo Grey-Mane, perché è una vecchia umana con lunghi capelli grigi. Grey-Mane ed io siamo amici da anni, lei mi fornisce cibo delizioso e un riparo, e in cambio le do compagnia perché sembra molto sola. Ho una vita noiosa ma facile.

Oggi, ho cercato di svegliarla come faccio sempre. Ma c'era qualcosa di diverso. Era fredda e non si è mossa. Ho riconosciuto lo stato dei topi che uccido ma non mangio, perché Grey-Mane mi dà cibo migliore. Il mio coinquilino umano era morto. Ero triste per la sua morte, ma soprattutto ero preoccupato. Cosa sarebbe successo alla mia vita comoda, e come avrei trovato il cibo? Ho visto di tanto in tanto dei gatti randagi. Vivono vite miserabili, lottando continuamente per il cibo e il territorio. Come potrei sopravvivere in queste circostanze?

Sapevo che dovevo trovare un nuovo ospite umano, ma era una mossa rischiosa. Se gli umani non mi amassero, mi rinchiuderebbero e mi ucciderebbero. Ma se avessi provato a vivere da solo, sarei morto di fame e probabilmente sarei stato ucciso dai feroci gatti randagi del quartiere. Così, ho escogitato un piano. Se potessi dire agli altri cosa è successo ad Angela, sarei un eroe e qualcuno mi avrebbe accolto. Ho trovato il telefono di Angela. L'ho visto parlare con lei, quindi credo di poterci provare. Ho provato a parlare col telefono per mezz'ora, ma non è successo niente.

Ho capito che dovevo lasciare l'appartamento per trovare aiuto. Vivo al secondo piano, ma la finestra era aperta, così uscii. Una volta a terra, vidi la lavanderia a gettoni. Pensai: "Forse se premo il pulsante qualcuno verrà? Sapevo che il pulsante sarebbe stato difficile da premere e, così saltai a testa in giù sul pulsante per avere abbastanza potenza. La macchina si avviò e fece un po' di rumore. Il rumore catturó l'attenzione della signora della lavanderia. Lei scese al piano di sotto e disse: "Oh, non sei tu il gatto di Angela?". "Miao miao",

risposi (odio le mie corde vocali lim-
itate). "È successo qualcosa ad Angela?"
chiese. "Miao miao", risposi e cominciai a
mostrarle la strada per l'appartamento di
Angela.

Per fortuna, mi capí e mi seguí fino alla
porta dell'appartamento. Le diedi il mio
più agitato miao, e lei bussó alla porta più
volte. Alla fine, usó la chiave di scorta che
Angela le aveva dato, entró e trovó il corpo
di Angela. La donna delle pulizie, di nome
Helen, è stata gentile e mi ha permesso di
stare nel suo appartamento. Aveva anche
un gatto, così ora ho un amico gatto, anche
se a volte mi manca ancora la mia cara e
anziana Angela umana.

Ho riconosciuto lo stato dei topi che uccido ma non mangio, perché Grey-Mane mi dà cibo migliore. Il mio coinquilino umano era morto.

"Sesso ed altre esigenze fisiologiche". Ho guardato il libro che la ragazza conosciuta su Tinder stava leggendo. Sono rimasto sorpreso quando mi ha suggerito di incontrarmi all'interno della biblioteca, ma eccomi qua. A giudicare dal libro che stava leggendo; questo potrebbe essere um appuntamento promettente!

"Emma? Ho chiesto, e lei ha messo giù il libro e mi ha sorriso.

"Ciao. Tu devi essere Geoffrey?" Emma rispose.

"Sì. Scelta interessante del libro!" Ho detto e ho fatto l'occhiolino.

"Infatti, questo libro ha molti fatti nascosti che faranno cadere le ganasce", ha detto Emma in modo seducente.

" Ganasce? Cosa intendi dire?". Ho detto, e mi sono morso la lingua perché la mia ignoranza aveva cambiato il percorso di questa promettente conversazione.

"Mascella. Come nel farti cadere la mascella. Parlando in senso figurato, naturalmente", dichiaró Emma.

"Sì, certo. Sembra che le biblioteche siano ottime per imparare varie cose. Sono qui da meno di un minuto e ho già imparato una nuova parola". Ho detto sorridendo.

"Immagina cosa ti farebbero un paio d'ore con me. Diventeresti un uomo nuovo". Emma disse entu-

siasta.

Ho riflettuto sulla dichiarazione di Emma. Avevo assolutamente bisogno di diventare un uomo nuovo, e lei sembrava un'insegnante adatta. Sorrido e dico: "Che ne dici di prendere un caffè nella caffetteria di sopra? Per quanto ami i libri, leggere insieme non è un buon primo appuntamento".

"Oh, chiaramente non sei mai uscito con me. Leggere insieme può rendere una serata molto interessante. Ma anche a me piace l'idea di prendere un caffè". Emma disse sorridendo.

Salimmo di sopra ed andai al bancone per ordinare due cappuccini. Mentre stavo per pagare, rimasi paralizzato da un fatto terrificante: Non avevo contanti e non sapevo su quale delle mie 24 carte di credito avevo soldi. Avevo pensato di tagliare le carte indebitate per evitare la schiavitù del debito a tempo indeterminato, ma avevo bisogno delle carte per mostrare il mio status. I pagamenti con le carte di credito furono rifiutati più volte, e mi feci prendere dal panico cercando di trovare la carta giusta. Accidenti, questo appuntamento Tinder si sta rivelando

essere una copia a carbone di quello della settimana scorsa!

Alla fine, Emma diede alla cassiera una banconota da dieci dollari e mi sorrise mentre portavamo i nostri caffè al tavolo. Purtroppo, la nostra conversazione fu disturbata dal rumore del traffico e il mio telefono cominció a ronzare.

"Non badare a me, rispondi al telefono", suggerì Emma.

A malincuore risposi alla chiamata. "Com'é andato il tuo appuntamento? '' chiese Martin, il mio amico scrittore.

"Sono ancora con lei," risposi.

"Oh, allora è meglio che non ti disturbi", rispose Martin e riagganciò.

Niente stronzate, pensai e mi girai per parlare con Emma.

Emma non c'era più! Deve essere sfuggita durante la mia telefonata! Piansi tra me e me. Nonostante fossi un avvocato di successo, ero andato a 100 appuntamenti consecutivi di Tinder senza fare sesso!

> Nonostante fossi un avvocato di successo, ero andato a 100 appuntamenti consecutivi di Tinder senza fare sesso!

Un Matrimonio da Favola.

L'aria era piena di fumo e trepidazione. Il mio migliore amico stava per sposarsi, e c'era solo un modo per festeggiare: festeggiare come se fosse l'estate del '69.

Guardai tra i miei appunti. Dovevo tenere un discorso, ma non riuscivo a decidere cosa volevo dire. Il mio amico ed io ci eravamo impegnati a fondo, ma dovetti mantenere un certo equilibrio perché gli estranei avrebbero potuto non capire il nostro senso dell'umorismo.

La sorella sexy del mio amico, che era anche sua moglie, mi disse sensualmente: "Avete in programma omicidi o esecuzioni per il matrimonio?". Sì, il matrimonio avrebbe avuto luogo a Westeros!

Non sapevo come rispondere. Avrei rivelato il mio piano per avvelenare il re e pren-

dere il controllo del regno, o avrei fatto il misterioso? Decisi di rivelare il mio piano, facendolo sembrare uno scherzo. "Niente di speciale Danielle, metteró solo un po' di polvere di artemisia nel calice del Re per animare la festa", dissi ridendo. "Oh, mi piacerebbe vedere questo", rispose Danielle e fece l'occhiolino mentre se ne andava per intrattenere altri ospiti.

Il problema di scherzare su un regicidio è che non sai mai se le persone ti appoggino o meno fino a quando non ci provi. Ma posso dirvi una cosa, i matrimoni delle favole sono incredibilmente stressanti! Da quando sono tornato sulla Terra, sento spesso le donne parlare di come vogliono un matrimonio da favola. Non sanno di cosa stanno parlando. Ho partecipato a dieci matrimoni da favola, e ci sono state vittime

in otto di essi. Regicidi, attacchi di draghi, fate arrabbiate e Dei vendicativi; è un miracolo che io sia ancora vivo!

Ho anche partecipato a diversi matrimoni nel mondo reale. L'incidente più significativo a cui abbia mai assistito è stato quello di qualcuno che si é storto la caviglia. Cosa facilmente rimediabile con una borsa del ghiaccio. Sicuramente meno spaventoso di Morgor il Drago Rosso!

Parlando di Morgor, sto sentendo odore di fumo? Entrai in panico perché non avevo portato la mia spada e la mia bacchetta magica. Poi mi resi conto che ero nel mondo reale, e il fumo proveniva da un piccolo incendio in cucina, e qualcuno aveva premuto il pulsante di allarme antincendio per precauzione. L'allarme antincendio scattò, e dovemmo uscire sotto la pioggia gelata. La vera sposa del mio amico,

Sandra, era sconvolta e piangeva perché il suo vestito era rovinato. Rimproveró il mio amico Brian a causa della pioggia. "Ho sognato un matrimonio da favola, e tu mi hai dato questo", esclamò Sandra. "Vive Silencia Noctis", dissi ma mi resi conto che l'incantesimo del silenzio non funzionava nel mondo reale. "Eh?" rispose Sandra "Beh, almeno non è morto nessuno", dissi con una voce rassicurante. "Non posso credere che Brian ti abbia scelto come suo testimone", disse Sandra e se ne andò via.

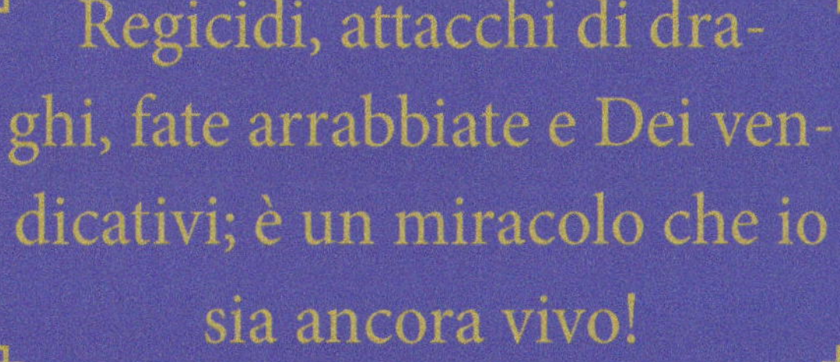

Alla fine, l'incendio fu spento e tornammo nel locale. Mentre entravamo, Brian si avvicinó a me: "Hai pronunciato Noctis una nota troppo alta", disse con voce delusa e ritornò dalla sposa.

Una Partita di Tennis di Alto Livello!

"Colpo di pura abilità!¨ Esclamai, mentre il mio tiro perfetta- mente colpito toccava la linea di fondo, fuori dalla portata del mio avver- sario Sebastian.

"Stai zitto, quello é stato un vero colpo di fortuna!". mi rispose con un ghigno Sebas- tian.

Pensai alla dichiarazione di Sebastian. Ci saranno stati 11 buoni tiri in tutta la par- tita, ed abbiamo giocato per due ore di fila. Fortunatamente, non ho tenuto con- to dei brutti tiri, per evitare di entrare in stato catatonico, o di distruggere la mia racchetta per la frustrazione. Devi sempre ricordare gli aspetti positivi della vita. Mi dico che sono un autore di successo, che i miei libri sono stati tradotti in nove lingue diverse, grazie ai forum di libri online. Tut- tavia, cerco di non ricordarmi che i miei libri mi hanno fruttato un totale di soli due

dollari.

Ancora eccitato dopo il mio colpo di abil- ità, studiai la triste mezzaluna che risplen- deva attraverso la fosca coltre di nubi. Bril- lava all'incirca come l´ abilità di Sebastian nel tennis, piuttosto fioca.

"Smettila´ mi urló la mia voce interiore . "Se Sebastian è un cattivo giocatore, come mai hai perso cinque partite di tennis di fila contro di lui?", continuó la mia voce

interiore. Ascoltai questa voce della ragione e conclusi che dovevo sconfiggere
l'ostacolo insormontabile che si trovava
dall'altra parte del campo. Era ora di ri-
conquistare il mio onore come campione del campo da tennis di Raleigh Park.
O almeno, di essere il miglior giocatore
della mia cerchia di amici.

"Hai ragione," ammisi mentre stringevo
la mano di Sebastian in quanto cambia-
vamo campo.
"Si, certo. É l'ultimo game della partita.
Sei pronto a fartela sotto e perdere contro il ciccio come fai sempre?". Chiese
Sebastian sorridendo.
"Noo, oggi sarà
diverso", risposi, e
riprendemmo a gio-
care.

Dieci palle più tardi,
dopo aver colpito la
rete, gli alberi e l'auto
del vicino, l'occasione arrivó. La palla rim-
balzava perfettamente verso la mia racchetta. Mi concentrai per colpire la palla,
e feci il colpo perfetto. La palla rimbalzó
poco prima della linea di fondo, irraggiun-
gibile per il mio avversario un po' immo-

bile. Una bella vittoria!

"Colpo di pura abilità!" Esclamai, mentre il mio tiro perfettamente colpito toccava la linea di
fondo, fuori dalla portata del mio
avversario Sebastian.

Sebastian si avvicinó
a me e disse: "Im-
pressionante, per una
volta non ti sei caga-
to sotto´´.
Annuii e risposi:
"Infatti. Ed ho molte
altre vittorie davanti a me. Perché quel colpo amico mio; è come siuccide una striscia
perdente".

Lavaggio di Denaro Nella Lavanderia.

Stavo andando in giro per il mondo con zaino e sacco a pelo, ed ero stato a Sydney per una settimana. Un problema che si pone sempre durante questi viaggi è la lavanderia, quindi ero alla ricerca di una lavanderia a gettoni. Improvvisamente ne ho trovata una che sembrava economica e squallida, perfetta per il mio budget.

Sono entrato nella lavanderia a gettoni, e il posto ha catturato la mia curiosità. Una lavanderia ha sempre o un addetto che ti fa pagare per la lavanderia o un sistema operativo a gettoni, se sono self service, per assicurarsi che tu paghi per i servizi, ma non riuscii a trovare nessuno dei due.

Andai alla macchina per studiarla più da vicino; dopo tutto ero a metà dei miei trent'anni, e questa poteva essere una di quelle lavanderie ad alta tecnologia dove si paga con bitcoin o PayPal o Dio solo sa cosa. Esaminai la macchina e con mia grande sorpresa uscí un suono di pianoforte quando toccai uno dei tasti della lavatrice. Premetti gli altri tasti, e anche loro corrispondevano a diversi tasti del pianoforte. Chi farebbe una lavatrice così? Ma poi mi venne un´idea . E se la lavanderia a gettoni fosse una facciata per qualcos'altro, e se potessi aprire una porta segreta suonando una melodia specifica? Sorrisi per aver avuto un'idea così ridicola, ma volevo comunque provarla.

Ma che melodia avrei suonato? Mi ricordai di aver giocato a Resident Evil negli anni

novanta, dove una delle porte si apriva suonando la Sonata Al Chiaro di Luna. Andai online per trovare le note di quella canzone e iniziai a suonarla con gli otto pulsanti della lavatrice. Dopo molto tempo, finalmente feci la sequenza giusta, e con mia immensa sorpresa funzionó, e si aprí un passaggio segreto dietro una delle lavatrici.

Sapevo che era pericoloso, ma dovevo solo seguire il passaggio per vedere cosa c'era dall'altra parte. Finii in una stanza piena di pile di banconote diverse. Chiaramente, mi ero imbattuto in un'operazione di lavaggio di denaro sporco in una lavanderia. Come si adattava bene. Mi bloccai quando vidi la telecamera di sicurezza filmare la stanza, ma mi forzó anche la mano. Sapevo che i cattivi avevano visto la mia faccia e che avevo bisogno di agire. Mi riempii le tasche con banconote da 100 dollari e mi precipitai in albergo per prenderere il passaporto. Non mi preoccupai nemmeno di mettere la mia roba nello zaino, e invece andai direttamente all'aeroporto lasciando il paese. Poco prima di salire sul mio aereo per le Maldive avvertii la polizia del luogo dell'operazione di riciclaggio di denaro sporco. Speriamo che questo possa impedire ai cattivi di trovarmi.

Per chiunque condanni le mie azioni, ho solo una domanda: Cosa avreste fatto?

Per chiunque condanni le mie azioni, ho solo una domanda: Cosa avreste fatto?

Alla ricerca del Velo di Pachamama.

Presi in mano la lucida statuetta d´argento di Pachamama, che avevo imballato nel mio zaino lacerato e consumato dalle intemperie. Guardai la mia compagna Elaine e lei annuì. Questa era lei. Questa era la tomba sacra di Pachamama, la dea Inca della Terra, un´aliena Zetan che aveva assunto una forma divina per conquistare seguaci umani.

Presi la mappa della tomba macchiata d'inchiostro che avevo con me. Questo era il luogo che Juan Pizarro aveva segnato. Anche se avevamo qualcosa che gli mancava nel 1540, avevamo la statuetta che serviva come chiave per il santuario interno del tempio.

Guardai il muro. C'era un'apertura, proprio della forma della statuetta che avevamo portato. Stavo per inserire la statuetta nel vano cavo, quando sentii la voce di Elaine: "Martin, ho paura. Siamo davvero destinati a vedere una divinità morta? E se non fosse morta"?

"Non preoccuparti, Elaine. Gli Zetani non sono dei veri e se Pachamama fosse stata rinchiusa qui secoli fa, sarebbe ormai morta", risposi, ma sentivo che il disagio della mia compagna mi stava influenzando.

Allontanai le mie paure. Ero qui in missione, e avrei portato a termine quella missione. Inserii la statuetta nell'apertura ed attesi che accadesse qualcosa. Improvvisamente, il muro si spostò e rivelò un tunnel. Sentii una voce stridula, penetrante, sibilando canti insensati in una lingua strana.

“Cos'è questo rumore?” esclamò Elaine.
“È solo una registrazione. Pachamama probabilmente lo usava per tenere lontani i locali”, risposi con falsa fiducia. “Comunque, abbiamo una missione”, e io vado dentro! Continuai.
“Non vado lì dentro!” Elaine disse ostinatamente.
“Oh, beh, allora andrò da solo”, risposi irritato ed entrai nel tunnel.

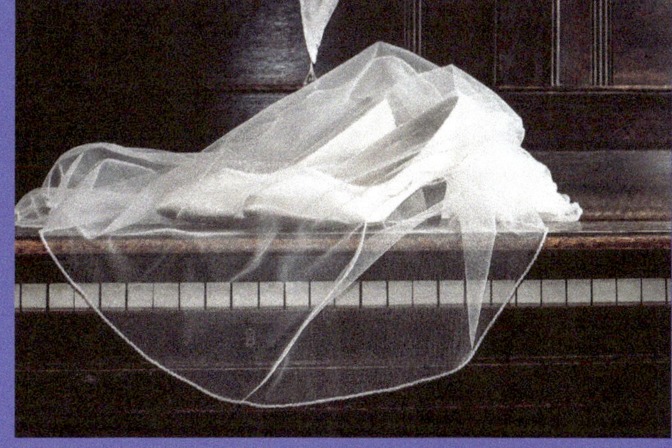

Entrando nel santuario interno del tempio di Pachamama, fui sopraffatto da un odore dolce e pungente. Da dove proveniva l'odore? Trovai la fonte di quell´odore al centro della stanza, dove il corpo di Pachamama era adagiato su un altare.

Elaine si avvicinó a me: “E' morta?”, mi chiese timidamente.
“Così, sembrerebbe, ma c'è solo un modo per scoprirlo”, risposi.
“Ma perché un

cadavere dovrebbe avere questo odore?” chiese Elaine.
“Probabilmente una tecnologia di conservazione Zetan”, risposi mentre salivo verso Pachamama e toccavo il suo corpo. Il corpo, che era freddo e grasso, mi riempì di disgusto.
“Che cosa faccio ora?” Chiesi alla voce nella mia testa che mi aveva seguito dal mio incidente in Nepal nel 2022.
“La tua missione qui è quella di prendere il Velo di Pachamama. Brucia il corpo, l'umanità non è pronta a scoprire la verità”.
“Sì, imperatrice Rangda”, risposi e presi il velo. Bruciammo il corpo di Pachamama e lasciammo il tempio senza una parola. Dovevamo ancora terminare la nostra vera missione!

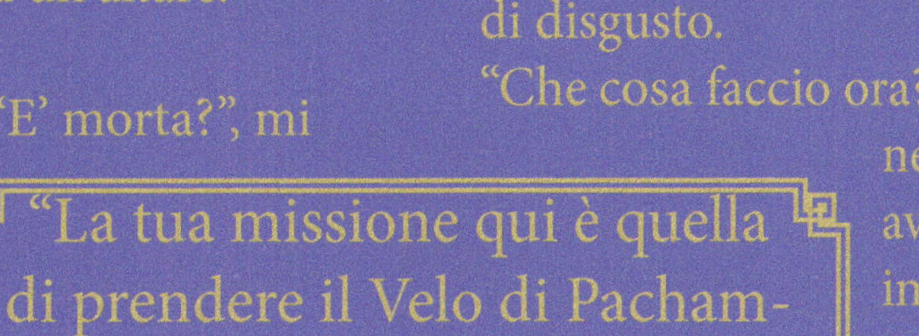

Mi chiamo Martin Orchard e lavoro in una struttura di ricerca segreta. Ufficialmente stiamo lavorando alla tecnologia delle cellule staminali per curare il cancro, ma in segreto stiamo sviluppando la tecnologia di clonazione, in modo che il misterioso proprietario dell'azienda possa vivere per sempre, cambiando i corpi a suo piacimento quando l'attuale corpo si sta consumando.

Ho scansionato la mia iride per verificare l'accesso al reparto segreto di clonazione del nostro laboratorio di ricerca e ho incontrato il mio eccentrico supervisore, Frank Van Stein. Stavo studiando un feto vivo che cresce in un tino, emulando le condizioni di un utero umano. Lo stavo studiando nervosamente e lui si avvicinó a me. "Clonazione....." disse facendo una pausa, prima di parlare di nuovo. "E' una cosa bella e terribile, e deve quindi essere trattata con grande cautela".

"Cita ancora Voltaire?", gli chiesi per prenderlo in giro.
"No, sto citando Harry Potter", rispose.

Tacqui per un po'. Perché il mio mentore ha citato Harry Potter? Non ci pensai a lungo e Frank disse di nuovo: "Ecco, il quinto figlio del nostro misterioso benefattore. Inoltre, il primo figlio che è un suo clone".

"Quindi....." iniziai dicendo: "Non hai mai fatto una cosa del genere prima d'ora", Frank aggrottó le sopraccicilgia e mi rispose con tono irritato. "Stai affermando l'ovvio, vero? Mi sentivo in ansia per aver fatto arrabiare il mio supervisore. Ma avevo bisogno di saperne di più, avevo lavorato qui per sei mesi ed ero stato tenuto all'oscuro. Per chi lavoriamo? Quanto è segreta la nostra ricerca? Qual è il nostro obiettivo finale? Strane sensazioni

ribollivano dentro di me, e non riuscivo più a stare zitto.

"Frank, devi essere onesto con me. Che cosa sta succedendo qui?", dissi.
"Non posso dirtelo. Queste informazioni sono segrete e al di sopra del tuo livello di autorizzazione". Frank rispose.
Mi arrabbiai per la risposta di Frank, e mi sfogai. "Mi dirai cosa sta succedendo, o mi licenzierò".
"Non puoi smettere", ha supplicato Frank.
"Sì, posso", risposi, e prima che Frank avesse il tempo di dire qualcosa, continuai: "Che cosa sarà allora, eh?

Frank respirava profondamente per calmarsi e rispose:
"Tu sei……."
La risposta di Frank mi confondeva. "Io sono cosa?", gli ho chiesto.
"Tu sei il capo di questa società, Martin," rispose Frank senza mezzi termini.

"Di cosa stai parlando?" Ho chiesto. "Seguimi", disse Frank, e io lo seguii nella stanza con il più alto livello di sicurezza. Lì l'ho visto, il mio cadavere in un tino. "Abbiamo perfezionato la tecnologia di clonazione molti anni fa, e un anno fa sei morto in un incidente. Sei mesi fa, il tuo clone è rinato, ma con i ricordi di un'altra persona impiantata". Frank ha spiegato.

> "Abbiamo perfezionato la tecnologia di clonazione molti anni fa, e un anno fa sei morto in un incidente.

Ero in preda al panico mentre studiavo il mio corpo morto e la mia testa girava. Improvvisamente svenni e quando mi svegliai, ero a letto accanto alla bella donna che avevo sposato. Mi sorrise e mi disse: "Buongiorno, Daniel. Cosa vorresti per colazione?"

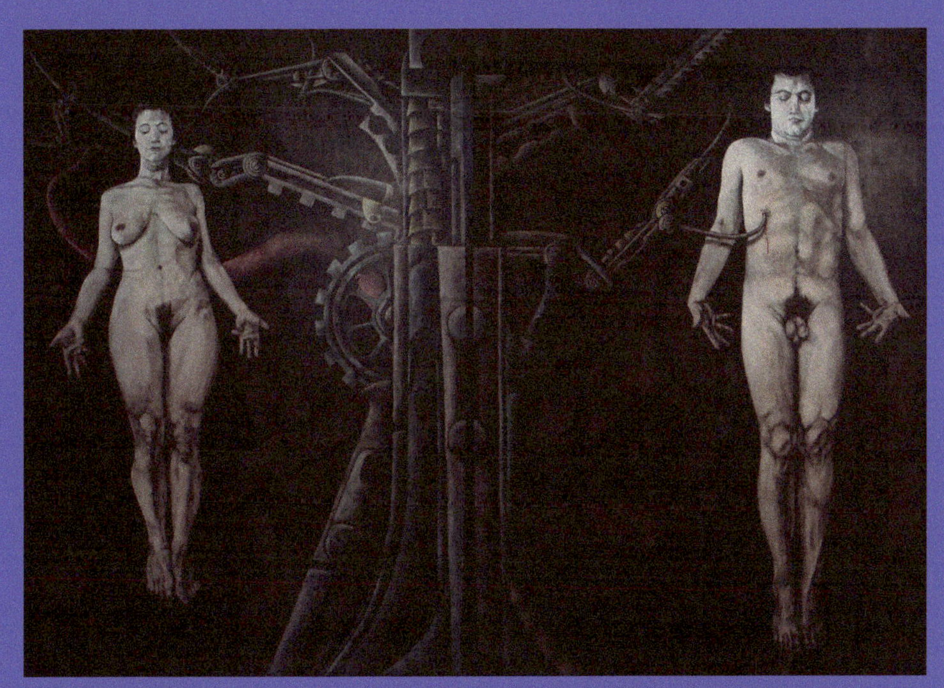

Il Sindaco di Mayonnaise Manor.

"Gingili ed altri inutili souvenir". Fissai il cartello con incredulità e mi resi conto che l'avevo letto bene la prima volta. Finalmente, un proprietario di negozio con un po 'di distacco, pensai ed entrai nel piccolo negozio. Ero in viaggio per la Nuova Zelanda con la mia compagna Elaine, da una settimana, e la sentii esclamare in lontananza: "Non entrare in un negozio con quel nome, non avranno niente di buono da vendere".

Ignorai quella voce della ragione ed entrai nel negozio. Venni avvicinato da un uomo che sembrava uno degli hobbit della trilogia del Signore degli Anelli. Era alto quattro piedi, con baffi spettacolari e con maniere del XIX secolo. "Wow, un autentico neozelandese", pensavo tra me e me mentre si avvicinava a me, con un vaso di maionese in mano.

"É la Maionese Baraonda del sindaco," disse l'uomo e mi mostrò il vaso di maionese. ";Che tipo di nome è questo, e perché dovrei volere un vaso di maionese?"
"Si chiama così perché sono il sindaco di

questa città. Questa città è famosa per la sua maionese, e faró una baraonda incredibile se non la provi e non la compri", dichiaró l'uomo simile ad un hobbit.

Guardai l'uomo per capire se fosse uno scherzo kiwi, ma lui mi guardó con un viso serio, senza nemmeno accennare ad un sorriso. Non mi serve un vaso di maionese, ma forse potrei comprare qualcos'altro, pensai. Mi guardai intorno e con mio grande sgomento, il negozio vendeva solo maionese!

L'uomo batteva il piede impazientemente con il barattolo di maionese vicino al mio viso. "Uhm, ¿quanto per un vaso?", gli chiesi timidamente.
"Ah, finalmente un cliente", disse l'uomo e sorrise con un ampio sorriso senza denti. "A-ha! Per questa bella maionese, solo 20 dollari". L'uomo rispose con orgoglio. 20 dollari per una maionese, che truffa! E non ne avevo nemmeno bisogno. "Non mi interessa", dissi e feci qualche passo lontano dall'uomo. "Non spaventare questo villaggio, provocando la baraonda del sindaco", ammonì l'uomo con una voce ostile. Dopo

di che, sbatté il vaso di vetro sul pavimento, spruzzando maionese su noi due.

¨Fanculo¨, pensai e feci una corsa verso l'uscita, con il sindaco di Maionese Manor all'inseguimento. Inseguito dall'hobbit arrabbiato, mi dimenticai di guardarmi intorno quando uscii dal negozio, inciampai e caddi di testa in una grande piscina gonfiabile piena di maionese.

Mentre mi stavo alzando dal cilindro, sentii la frase familiare: "Sorpresa, sei su Candid Camera!" Maledetti Kiwi! Fortunatamente, le royalty della mia breve carriera televisiva finanziarono un'altra settimana di viaggi, ed ebbi modo di vedere molto della bellissima natura selvaggia del paese, lontano dalla popolazione neozelandese. A tutt´oggi, la mia compagna Elaine non ha

ancora smesso di ridere!

"Non spaventare questo villaggio, provocando la baraonda del sindaco", ammonì l'uomo con una voce ostile.

Biblioteca Shenanigans.

Ero alla biblioteca locale, pensando di lavorare ad un saggio scolastico quando l'acido inizió a fare effetto. Mi misi in fila alla coda della caffetteria, dove un barista senza nome, vestito da cowboy, lavorava alla macchina del caffè. Osservai le mani sporche e polidattili del barista con un totale di dodici dita. Improvvisamente, sentii un forte botto e la macchina del caffè si ruppe.

"Mi dispiace, signore, ma la macchina del caffè è rotta", disse il barista.
"Questo é un gioco per lei? Ho bisogno di quel caffè!". Dissi deridendo il barista.
"Mi dispiace, ma il nostro addetto alle riparazioni ha perso il treno e io non so come riparare la macchina". Si scusó il barista.
"Ma ci deve essere qualcuno con capacità adeguate in giro, no?¨ chiesi.
"Che ne dici di provarci tu?", suggerí il barista.

Ora, questa era un´idea ben strana. Non so come riparare una macchina per il caffè rotta, soprattutto quando la testa é in acido. Ma mi resi conto che questo doveva essere un piano divino, così accettai il suggerimento.

"Va bene. Sfida accettata. Aggiusterò la tua macchina per il caffè a due condizioni". Dichiarai.
"Per favore, dimmele". C'è una lunga coda di autori decaffeinati arrabbiati, e temo per la mia sicurezza!¨ Supplicó il barista.
"In primo luogo, dobbiamo creare l'atmosfera. Cambia la musica di sottofondo con Cupido's Letters by Beige Backpack". Chiesi

"E' una canzone vera o mi stai prendendo per il culo?" Il barista rispose.

"La troverai su YouTube", risposi, rendendomi conto che era tempo che il mondo sperimentasse la mia eccezionale creazione musicale.

"L'ho trovata". Disse il barista. La canzone cominció e lui mi diede uno sguardo di disapprovazione ingiustificata. Chiaramente, non era un uomo che apprezzava la grande musica.

"Ah. Musica per le mie orecchie! Risposi e sorrisi beatamente.

"Ok, psicopatico. Qual è la tua seconda richiesta per riparare la maledetta macchina?¨ sogghignó il barista.

"Ho bisogno che tu apra questa latta di pesce dall´odore pungente. "Risposi e consegnai al barista una lattina del famigerato piatto svedese, surströmming.

Il barista aprì la latta e l'odore di marcio lo fece scappare alla toilette. Che rammollito! Annusando l'infame piatto, mi resi conto che non avevo più fame e lasciai il pesce intatto.

> La mia latta di surströmming aveva causato il timore di un attacco terroristico chimico, dato che gli australiani non sono abituati a quell'odore.

Saltai il bancone per iniziare la mia carriera di riparatore di macchine da caffè. Vidi una grande carriera davanti a me, ma tutto si azzeró quando svenni.

Mi svegliai poche ore dopo in custodia della polizia. A quanto pare, la mia latta di surströmming aveva causato il timore di un attacco terroristico chimico, dato che gli australiani non sono abituati a quell'odore. Invece di diventare l'eroe del giorno, sono stato schiaffeggiato con una pesante multa per le chiamate della polizia e aver vandalizzato una macchina del caffè. Tutto per aver cercato di aiutare!

La minaccia mascherata

A ce Marcel Perouse si affacciava sui soleggiati Royal Botanical Gardens di Sydney all'ombra di un albero di Jacaranda. Ace si sentiva uno sciocco. Perché era fuori durante quella giornata afosa, quando era più bello dormire in una stanza buia con l'aria condizionata accesa, a tutta potenza?

Ace era sollevato e frustrato dal fatto che non poteva sudare. Se avesse sudato, il suo completo nero di Kashmir, le scarpe da ballo e i guanti bianchi, il grande cappello e lna maschera da opera, si sarebbero bagnati a causa dell'intensa traspirazione. Ma almeno il calore insopportabile si sarebbe dissipato dal suo corpo.

Ace notò come le persone lo fissassero mentre passavano. Aveva scelto un vestito inadatto per mimetizzarsi, ma non era colpa sua. Le relazioni speciali di Ace con gli specchi lo rendevano ignaro del suo aspetto.

Ace aveva dato agli spettatori uno sguardo predatore, ma era troppo debole per affrontare tutti quegli umani in questo stato. Se avessero esposto la sua pelle al terribile sole, sarebbe stata la sua fine.

"Devo uscire di qui!" Ace pensò, e corse verso una parte vuota del parco. Durante lo sprint, una piccola parte del collo di Ace si era esposta al sole, e questo gli causó un dolore lancinante. "Continua a correre, solo un po 'di più," ripeté Marcel a se stesso.

Ace raggiunse una parte appartata del parco. Trovó un po´di ombra sotto un albero e crolló a terra. Ace desiderava non essere solo al mondo, che ci fosse qualcuno che potesse lenire il suo dolore.
Ace sentí una donna cantare. **"Mentre il giorno diventa notte, ci uniremo tutti. Porteremo l'armonia tra l'oscurità e la luce ".** Ace si sentiva in pace con se stesso.

Le sue visioni gli avevano detto che l'unico modo per porre fine alla sua fame era nutrirsi durante il giorno.

Ace studió da dove venisse la musica. Una donna vestita di bianco cantava davanti ad uno specchio. Ace si intrufoló verso la donna ignara. Si preparò a bere il suo sangue e porre fine alla maledizione che gli era stata inflitta. Ace si distrasse quando guardó il riflesso della donna nello specchio, o meglio, la sua mancanza. Ace sussultò in modo udibile e la donna si voltò.

vere. Così, mantennero la loro promessa di matrimonio di secoli prima, rimanendo insieme fino alla fine!

"Jessica Lockhart?" Esclamò Ace.
"Ace Marcel Perouse! Sapevo che saresti venuto. " rispose Jessica.
"Cosa sta succedendo?" chiese Ace.

"Mentre il giorno diventa notte, ci uniremo tutti. Porteremo l'armonia tra l'oscurità e la luce ".

"È ora di togliere la maledizione di quel fatidico giorno." risposeo Jessica.
"Ma come puoi esporre la tua pelle al sole?" chiese Ace.
"Non mi sono trasformata in un vampiro. Mi sono trasformata in un angelo. Mentre tu soffri sotto il sole, io soffro sotto la luna ". spiegó Jessica.
"Quindi, cosa facciamo ora?" chiese Ace.
"Baciami come quando eravamo amanti, per porre fine alla maledizione!" Supplicò Jessica.

Ace fece come Jessica aveva richiesto e mentre si baciavano, entrambi si trasformarono in pol-

La missione di Martin Puther in Cina.

"Hei, tu!"

Mi bloccai quando sentii una donna con accento cinese che mi urlava. Mi sorprese il fatto che la donna avesse urlato in inglese, ma pensavo che i miei capelli biondi e la mia alta statura mi avessero distinto come uno straniero bianco. Mi voltai e guardai la donna di guardia in piedi nel laboratorio segreto del governo. La sua pelle che sembraba cuoio riveló che era stata esposta al virus Hei Bai.

"Stai entrando in una proprietà del governo!" La guardia gridò.
"Eppure, non mi hai sparato alla schiena" risposi sarcasticamente.

La guardia si vergognó e puntò il fucile contro di me. Mi morsi il labbro, non avrei dovuto essere così sarcastico quando ero così vicino alla morte, ma perché affron-

tare la morte con paura?
La guardia abbassò la pistola e rispose.
"Non sparerei al famoso Martin Puther, sei un eroe! Mi è piaciuto come hai salvato il mondo dall'uomo con i Denti Dorati. "

Sospirai di sollievo. Anche se devo essere un agente segreto scarso visto che la mia fama si era diffusa in tutto il mondo, sembrava che per ora mi avesse salvato.
"Grazie. Sì, salvare il mondo dal piano malvagio di Joseph Goldteeth è stata una vera avventura. " risposi.
"Sì. Sono una delle tue più grandi fan. Il mio nome è Li-Na Peng ", rispose umilmente la guardia.
"Puther, Martin Puther. Vorrei stringerti la mano, ma ... "risposi, e guardai le enormi vesciche sulle braccia di Li-Na Peng.
"Capisco. Sei qui per rubare un campione biologico del virus C? " chiese Li-Na.
Non aveva senso mentire date le circostanze, così risposi. "Sì. Sai dov'è?"
"Sì, vieni con me", rispose Li-Na.

Li-Na aprí la porta ed entrammo in uno

stretto passaggio. Alla fine del tunnel, Li-
Na scansionó la sua iride con uno scanner
oculare. Entrammo nel santuario interno
del laboratorio, il luogo in cui era conser-
vata la sequenza del DNA.

"Farò una copia del batch del virus. Aspetta!" Affermò Li-Na e iniziò a digitare su un
computer.

Studiai la mia immagine riflessa su una
statuetta argentata lucida. Mentre indos-
sare uno smoking invece di indumenti
protettivi sembrava sciocco, mi aveva
salvato la vita poiché la mia fama aveva
convinto Li-Na ad
aiutarmi.

un sintetizzatore di virus espulse una fiala
con il virus. "Qui. Prendi questa fiala. Crea
un antidoto e salva il popolo cinese dalla
tirannia di mio padre "supplicò Li-Na.

"Non sparerei al famoso Martin
Puther, sei un eroe! Mi è piaciuto
come hai salvato il mondo dall'uomo con i Denti Dorati. "

"Quella statuetta è
mio padre, il presi-
dente Jing Peng. Ha
diffuso il virus con-
taminando la produzione di miele cinese ".
riveló Li-Na.
"Avrebbe dovuto parlarti del suo piano
malvagio", osservai.
"Perché pensi che ti stia aiutando?" Li-Na
si fece beffe del padre.

Un allarme scattó e
un gruppo di comu-
nisti arrabbiati entró
e sparó verso di me.
La mia protezione
da agente segreto mi
salvó la vita mentre sparavo alle guardie
con la mia piccola ma efficace pistola.

Li-Na non aveva uma protezione segreta
e mentre stava morendo sul pavimento, le
sue ultime parole lo furono. "Martin! Salva
la Cina! "

Il computer emise un segnale acustico e

L'eternità può aspettare.

Mark Silver guidava la sua Mercedes, che condivideva il colore con il nome della sua famiglia. Mark pensò a sua moglie, Joanna. Gli aveva detto di non precipitarsi e di restare in casa finché la tempesta non fosse finita. Ma Mark non poteva restare a casa. Sua moglie stava partorendo in ospedale e lui non avrebbe perso questa occasione unica nella vita di condividere questa esperienza con lei.

Pieno di ansia Mark non si accorse che la pioggia torrenziale aveva causato una frana. Guidó dritto verso il pericolo , poiché l'auto fu colpita dalla frana e cadde oltre il bordo di una scogliera.

Un colpo alla testa risvegliò Mark. Quanto successo gli ricordó il suo breve periodo come pugile per un evento di raccolta fondi di boxe aziendale.

Quando Mark riprese conoscenza, la terribile verità gli apparí chiaramente. Non si era risvegliato in un ring di pugilato in una bellissima sala da ballo. Invece, era bloccato in un'auto sottacqua.

Mark cercó di scendere dall'auto, ma le

caratteristiche premium dell'auto stavano funzionando contro di lui. Vari airbag lo bloccavano in quella posizione e non poteva aprire i finestrini a causa di un malfunzionamento elettrico. "Maledetta macchina, perché non c'è una leva manuale per i finestrini?" fu l'ultimo pensiero di Mark prima che tutto diventasse nero.

"Benvenuto, Mark!"
Mark udì la voce debole di una vecchia signora gentile che lo salutò. Mark aprì gli occhi. Si trovava in un bellissimo giardino che somigliava al Giardino dell'Eden. "Sono morto?" chiese Mark.

La Vecchia scosse la testa e rispose. "Non essere ridicolo. La morte è uno stato non sensoriale, uguale al non essere mai nati. "
"Allora, cos'è questo posto?" Ha chiesto Mark.
"Quando una persona muore, il cervello rimane attivo per diversi minuti. La mancanza di ossigeno e la mancanza di input sensoriali creano una coscienza superiore. A causa della mancanza di input sensoriali, questi minuti possono sembrare un'eternità. " La donna riveló.
"E cosa succede quando muoio?" Ha chiesto

Mark.
«Allora non lo saprai. Non puoi sperimentare la tua stessa morte. Questo è un ossimoro! " rispose la donna .
"Va bene. Allora, chi sei e cos'altro puoi dirmi di questo posto? " chiese Mark.
"Sono un avatar del tuo livello di coscienza più profondo. Per te, io sono Gaia, ma posso assumere qualsiasi forma. " La donna rispose.
"E cosa succederà a mia moglie e mio figlio?" chiese Mark

Gaia si fermò un attimo e prese un profondo respiro prima di rispondere. "Mark tu sei sterile e non puoi generare figli. Lo sai. Per quanto riguarda il bambino che tua moglie sta dando alla luce mentre parliamo, tu le hai chiuso il tuo cuore ". Gaia rispose.
Sentendo questo, Mark riempì di rabbia e si scagliò. "Quella puttana! Sapevo che mi stava tradendo. "
Gaia scosse la testa, afferrò la mano di Mark , e lo guardò negli occhi. Mark si calmò. Non c'era motivo di entrare nell'aldilà con rabbia.
«Hai dato a Joanna una scelta impossibile.

Desideravi un bambino anche se il tuo seme era sterile. Ha fatto quello che ha fatto per renderti felice. " Gaia gli spiegó.
Mark stava per rispondere quando la sua vista iniziò a lampeggiare.
"Sto morendo?" Mark ansimò.
Gaia scosse la testa e tutto divenne nero.

L'emergere di una brillante luce bianca fece bruciare gli occhi di Mark. Si svegliò e il

personale medico lo stava circondando.
"È vivo! È un miracolo!" Esclamò uno dei dottori. Mark si sentì stordito e svenne di nuovo.

> L'emergere di una brillante luce bianca fece bruciare gli occhi di Mark. Si svegliò e il personale medico lo stava circondando.

Joanna e la figlia appena nata, Jasmine, hanno fatto visita a Mark più tardi lo stesso giorno. Mark sapeva cosa doveva fare. Gaia non lo aveva riportato in vita per niente.
"Joanna, so che Jasmine non è mia figlia biologica!" dichiaró Mark
L'espressione del viso di Joanna cambiò e il suo sorriso forzato scomparve.
"Ti amo ancora, Joanna. So della mia infertilità. Prima lo negavo, ma mi rendo conto del motivo per cui hai fatto quello che hai fatto. Voglio amare te e Jasmine come mia figlia se me lo permetti " disse Mark eccitato.

Joanna non rispose. Non c'era bisogno di parole, ed entrambi singhiozzarono l'uno nelle braccia dell'altro. Entrambi avevano ricevuto una nuova prospettiva di vita quel giorno, e si sarebbero amati l'un l'altro e loro figlia più che mai.

La serendipità ha salvato il piromane.

"**3**:00, 2:59. 2,58 '

Guardai il timer della bomba che avevo impostato alla centrale elettrica di Blackwater. L´avevo fatto. Io, Samuel Thistlethwaite, non potevo più vivere con il mio segreto. Alcuni anni prima avevo provocato un incendio doloso, dando inizio a uno dei tanti incendi boschivi che avevano devastato il 2019. Il mio terribile crimine aveva distrutto la mia città natale Honeywood, oltre a uccidere ciò che contava di più. Il mio unico vero amore, Sally Swallow, una mia compagna dell'orfanotrofio, era morta nell'incendio.

Negli anni avevo tenuto segreto il mio crimine. Invece, mi ero reinventato ed avevo imparato a usare le bugie per andare avanti nella vita. Le bugie mi avevano portato in alto. Almeno in cima a Blackwater. In qualità di consigliere comunale, avevo convinto i miei elettori che il modo migliore per evitare futuri incendi boschivi fosse abbattere le foreste vicine. Le mie azioni avevano tenuto al sicuro Blackwater, anche se aveva causato l'estinzione dei Cacatua

neri. Un sacrificio utile, avevo calcolato in quel momento, perché c'erano ancora i Cacatua Bianchi rimasti.

Un giorno ebbi uma rivelazione quando vidi un disegno a lungo dimenticato di Sally che dà da mangiare a un cacatua nero. Mi resi conto dell'inutilità della mia vita. Non solo avevo causato la morte del mio amore, ma avevo anche ucciso gli animali che lei amava. E per quale motivo? Mi resi conto che uccidermi e distruggere la sporca centrale elettrica era l'unico modo per riscattarmi. Distruggere era tutto ciò che sapevo fare, quindi almeno avrei potuto distruggere cose terribili per creare un mondo migliore.

"1:00, 0:59, 0:58"
"Twinkle Star, dove sei?" sentii dire da una ragazza.

Mi resi conto di aver lasciato la porta aperta e una ragazzina si era trovata a cercare il suo animale domestico nella centrale elettrica abbandonata che stava per esplodere. Mi voltai e un cacatua nero si sedette sulla mia spalla. "Disinnescare la bomba!

Disinnescare la bomba! " Il cacatua cantava e strillava.

Mi inginocchiai e disinnescai rapidamente
la bomba.

La ragazza mi notó. "Oh, eccoti qui, Twinkle Star." Esclamò felicemente.
Non appena la vidi, gridai: "Cosa ci fai qui,
ragazzina! Questo non è un posto per i
bambini. "
"Mi dispiace, la porta era aperta e il mio
uccello è volato dentro. Mia madre sta aspettando fuori. " La ragazza rispose e corse
fuori. Inseguii la ragazza e uscii dalla centrale elettrica. Là la vidi, Sally, con il viso
coperto di ustioni
di terzo grado.

"Sally, sei viva?"
esclamai.
"Sì, sono rimasta

lontana", rispose Sallly
Caddi sulle ginocchia. "Mi dispiace, Sally.
Ho appiccato il fuoco che ti ha mutilato
nel 2019 ". piansi.
"Lo so, ma sto morendo e Ciri ha bisogno
di suo padre." Sally an-
simò e poi collassò.

Confortai Ciri. Sebbene
fosse stat una giornata
terribile, la serendipitá
mi aveva salvato la vita e
mi aveva dato uno scopo
per andare avanti.

> "Disinnescare la bomba! Dis-
> innescare la bomba! " Il cacatua
> cantava e strillava.

Caos natalizio

'Sei il prossimo!'
Finii di scrivere il biglietto con il sangue del mio avversario caduto. Misi il suo dito mozzato insieme alla lettera in una busta che avrei spedito al mio più grande nemico. Lo manderei al dittatore rosso del Polo Nord, noto anche come Babbo Natale.

Sono nato in schiavitù. Non sapevo nemmeno chi fossero i miei genitori. Tale era la difficile situazione degli elfi che lavoravano nella struttura segreta artica del Dittatore Rosso. Per il mondo esterno, Babbo Natale era un mito, ma per me e per i miei compagni elfi schiavi era una realtà brutale.

Naturalmente, la maggior parte di noi non vedeva la realtà. Altrimenti ci saremmo ribellati secoli fa. Per la maggior parte dei miei compagni elfi servivamo uno scopo. Lavorare instancabilmente come collettivo, fare regali per premiare i bambini che si comportavano bene. Ma quando mai

siamo stati ricompensati? E le nostre speranze e i nostri sogni?

Le cose erano state più facili in passato. Per i primi 300 anni della mia vita, non sapevo nient'altro. Avevamo riunioni quotidiane, dove formavamo linee e cantavamo jingle natalizi e lodavamo il nostro grande dittatore rosso. Mi resi conto che Babbo Natale aveva usato le stesse tattiche di propaganda di Hitler e Kim Jong Un per fare il lavaggio del cervello alle loro popolazioni.

La mia illuminazione era arrivata per coincidenza. A noi elfi non era permesso giocare con i giocattoli che producevamo. Ma un giorno accidentalmente feci cadere uno dei doni dal nastro trasportatore. Quando lo presi in mano non lo rimisi sul nastro. Mi ero sentito in obbligo a scoprire cosa fosse.

Avevo detto al mio supervisore che ero malato e non potevo lavorare. Questa fu una scelta pericolosa. **Se Babbo Natale mi avesse considerato sacrificabile, mi avrebbe gettato fuori nel freddo artico.** Là fuori morirei di ipotermia o verrei

mangiato da un orso polare. Ma dovevo sapere cosa fosse questo dispositivo.

Accesi il tablet e stavo facendo clic su diversi collegamenti. Il mondo era bellissimo e conteneva così tanto da vedere. Così tanti posti che Babbo Natale non mi aveva mai permesso di vedere. I bambini che abbiamo servito hanno passato una vita molto più felice di noi, ridotti in schiavitù dal nostro terribile dittatore rosso.

Oggi avevo deciso di agire. Ora o mai più. Avevo attirato la signora Claus in una trappola con la scusa di organizzare una grigliata di salsicce. Adesso giaceva morta fuori dal nostro complesso segreto, nascosta nella notte artica. Ma dovevo affrontare il mio peggior nemico.

Capii che non ne sarei uscito vivo. Il mio nemico era un'entità potente con capacità di fermare il tempo, in grado di consegnare milioni di regali in una sola notte. Ero solo un servitore a contratto e impotente. Non importava più. Il tempo era scaduto. Babbo Natale deve morire!

> 'Sei il prossimo!'
> Finii di scrivere il biglietto con il sangue del mio avversario caduto.

Ascesa e caduta di Melchriess.

*S*plash*
Un palloncino d'acqua pieno di pigmento giallo colpí sorella Cherise de Mont Blanc nella parte posteriore della testa. Questo interruppe la sua preghiera ad un'icona di San Martino in un piccolo santuario lungo la strada nelle Alpi francesi.

"Ah ah. Sembri un limone! " La prese in giro il mascalzone pubescente locale Jacque de Ville de Mer.
"Padre, per favore dammi la forza di trattenere il demone che si nasconde dentro di me." Borbottò Cherise. Sapeva che le sue preghiere erano vane. Cherise era diventata la principale esorcista della sua regione e negli ultimi anni aveva cacciato dozzine di demoni. Contrariamente alla credenza pubblica, questo non era un segno di favore divino. Era la prova del contrario. Il talento di Cherise per l'esorcismo era dovuto al fatto che il suo demone interiore era molto forte.
"Non essere così arrabbiata, Cherise. È solo uno scherzo e questo colore verrà via facilmente ", scherzó Jacque.

Cherise fece un respiro profondo ma non rispose. Perché era così difficile controllare il demone?

Jacque si avvicinò a Cherise ed iniziò a slacciarle il grembiule. "Così così, Cherise. Lascia che ti aiuti a toglierti questi vestiti bagnati mentre fai bagnare altre parti. " disse Jacque in modo seducente.
"Non dovremmo, e se qualcuno ci vede?" Si oppose Cherise.
"Tsk, Tsk. La paura di essere scoperti è una spezia in più ". Jacque ridacchiò.

Cherise cedette, si tolse il nastro per capelli e si sciolse i capelli. Era ora di abbracciare il demone interiore.

Jacque abbassó i pantaloni di Cherise e la scopó come se fosse posseduto, il che era vero. Il demone interiore di Cherise se ne era occupato. Quando Jacque venne, Cherise si voltò e gli aprì la gola con i suoi denti aguzzi, uccidendo Jacque.

Questa era la chiave per il rilascio della demonessa Melchriess. Melchriess era il

demone dell'uccisione del partner, e dopo aver fatto uccidere
Jacque da Cherise dopo il sesso,
era tornata nel nostro mondo.
Melchriess prosciugò la forza
vitale di Cherise e lasciò il suo
corpo nudo senza vita accanto a
quello di Jacque.

"Come osi profanare il mio santuario, brutto demonio?"

Melchriess si voltò. Il fantasma di San
Martino era apparso pochi metri dietro di
lei.
"Bah, come osa
infastidirmi uno
spirito inferiore?"
Melchriess si fece
beffe.
"Dimentichi dove ti trovi. Questo santuario mi rende potente. " rispose S.Martino
"Bah, il santo patrono dei poveri, contro

il demone dell'uccisione del partner. Non
farmi ridere! " Melchriess lo derise.
"La compassione mi rende forte." Proc-
lamò Martin abbrac-
ciando la sconcertata
Melchriess.
"Sono pronto, Signore!"
sussurrò S.Martino. Un
fulmine colpì il suo corpo, fece evaporare
sia il santo che il demone e fece crollare il
santuario.

Ed è quello che io, Michael de
Baloo, ho visto quando il Signore
ha distrutto il nostro santuario.

Theocracia con un lato positivo.

"Cinque, quattro, tre ..."

"Aspetta, ti dirò cos´è successo!" Pregai la Preside Agnes .

"Va bene, Sandra. Dimmi cosa sono queste pillole! " Esortò Agnes.

Questo è stato un dilemma per me. Sotto il Gran Sacerdote Mitchell Cent, i contraccettivi erano diventati illegali negli Stati Uniti poiché il sesso era consentito solo per la procreazione . Ciò non aveva impedito ai contraccettivi di inondare oltre i confini e aveva sostituito la cocaina come la più grande importazione illegale negli Stati Uniti.

"Sembra un contraccettivo. Blasfemia contro la volontà di Dio! " Agnes accusó.

Piansi Avevo bisogno di sentirmi vicino e fare sesso con il mio ragazzo, Andrew, ma avevo solo 17 anni e non potevo rimanere incinta. Sognavo di andare al college, viaggiare e provvedere a me stessa. Non avevo voglia di restare a casa, ridotta ad una macchina per fare i bambini mentre l'intel-

ligenza artificiale e l'automazione facevano tutto il lavoro nella società.

"Ma Preside Agnes, non ha mai fatto sesso in gioventù? Non è stato bello avere diritto al proprio corpo? " supplicai.

"Sì. Ma questo accadeva ai tempi oscuri delle libertà civili. Quando il Gran Sacerdote Cent salì al potere le cose cambiarono. Ci siamo resi conto che il sesso per scopi non riproduttivi era un affronto all'ordine naturale. Ecco perché abbiamo sostituito le vecchie leggi con il decreto religioso del Gran Chierico ". Ha rivelato Agnes.

"Ma non ti piaceva il sesso in gioventù, senza preoccuparti della gravidanza?" chiesi.

slap!

La mia faccia bruciava e diventava rossa quando Agnes mi schiaffeggiava con la sua forza sorprendente. Nonostante avesse più di 70 anni ed avesse un aspetto fragile, la Preside Agnes aveva tratto molta forza dal suo zelo religioso. Mi morsi la lingua e temetti che avrebbe preso il telefono e mi

avrebbe denunciato alla polizia religiosa.
Invece, mi sorpresi quando Agnes iniziò
a piangere. Anche se la sua reazione mi
aveva sorpreso, non potei fare a meno di
abbracciare la mia vecchia aguzzina e con-
fortarla.

"Dai, andrà tutto bene." sussurrai.
"Ero come te." Gridò Agnes.
"Dimmi cosa è sucesso?¨la incoraggiai.
"Fino a 27 anni mi piaceva fare sesso con i
contraccettivi . A quell'età volevo avere figli
con mio marito John. È stato allora che ho
scoperto il mio cancro cervicale. Ora, sono
vecchia e sola e senza figli o nipoti. Questo è successo perché da giovane mi sono
impegnata in com-
portamenti empi ".
confessó Agnes.
"Ma non devi essere
sola. I miei nonni
sono morti. Puoi
essere la mia nonna
adottiva. " suggerii.
"Ti piacerebbe ques-
to?" chiese Agnes.

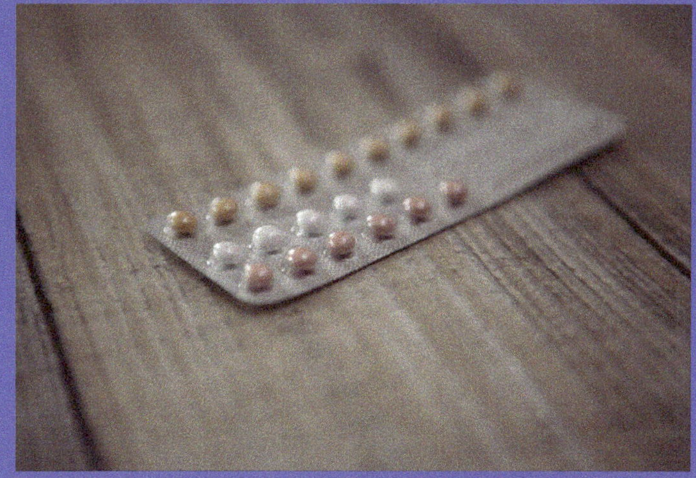

"Sì, sia Andrew che io vorremmo partecipare alle cene della domenica con te." Mi
entusiasmai.
"Dio vi benedica ! Finalmente ho la nipote
che ho sempre desiderato. Ti fornirò i
contraccettivi. Basta
che preghiamo ogni
domenica ". Rispose
Agnes.

Annuii e sorrisi. An-
che se non avevo vog-
lia di pregare, Preside
Agnes aveva accettato
di proteggermi e per
ora , posso vivere la
mia vita. C'era un lato positivo in tutto.

> "Sì. Ma questo accadeva ai tem-
> pi oscuri delle libertà civili. Quan-
> do il Gran Sacerdote Cent salì al
> potere le cose cambiarono. Ci sia-
> mo resi conto che il sesso per scopi
> non riproduttivi era un affronto
> all'ordine naturale.

Giustapposizione Jenga.

"Le mosse giustapposte sono il modo migliore per creare slancio a Jenga." Affermai mentre tiravo fuori un blocco di legno dal gigantesco gioco Jenga che era nel centro del locale e lo posizionavo accanto a un altro blocco. "Di cosa diavolo stai parlando, puta?" mi derise il membro del cartello boliviano Amanda Ramirez.

Avevo studiato la mia rapitrice tatuata. Aveva un corpo muscoloso e dei bei tatuaggi. Se non fosse stato per il machete in mano, la pistola infilata nei pantaloni e lo sguardo cupo sul suo viso, mi sarebbe piaciuto partecipare a qualche ginnastica in camera da letto con lei.

Essendo io Paula Puther, la sorella dell'esperto agente australiano, Martin Puther, sono abituata al pericolo. Ma non mi sono mai messa nei guai in questo modo prima d'ora. Ero in Bolivia e mi ero ritrovata ad essere in ritardo per il mio giro in barca sul Lago Titicaca dopo aver esagerato con la specialità locale, i dolci salteñas. Con mio grande dispisacere avevo perso la barca. Mentre mi stavo prendendo a schiaffi per la mia golositá ed il mio péssimo tempismo, sentii dei bei ritmi venire da un club vicino. "Vete maricon!" Amanda mi disse, che apparentemente non significa "Per favore, entrate, siamo aperti".

Nonostante le nostre difficoltà linguistiche, abbiamo finito per giocare a Jenga per passare il tempo. Amanda stava aspettando che il suo capo le dicesse se uccidermi o no, mentre io aspettavo che il mio irresistibile fascino prendesse il sopravvento. Speravo che il mio fascino ci facesse coinvolgere nella copulazione invece di ucciderci a vicenda.

Il mio fascino non sembrava funzionare molto bene in quel particolare giorno e la torre sembrava precariamente sul punto di cadere. Cosa potevo fare per salvare la giornata ? Mi sono ricordata di guardare Lucifero durante i blocchi del coronavirus e ho deciso di

provare la sua mossa caratteristica sul mio rapitore arrabbiato ma sexy. La fissai negli occhi e le chiesi. "Amanda, dimmi. Qual´è il tuo desiderio?" La fissai negli occhi per diversi secondi, sperando nel risultato ideale . Non accadde niente.

Il mio sguardo strano fece arrabbiare Amanda che gridò : " Smetti di guardarmi negli occhi, stronza!"

Pensai di scusarmi, ma fui interrotta quando il capo di Amanda la chiamó. Non ho capito molto ascoltando la sua telefonata, ma una parola mi è venuta in mente: " Matarla ".

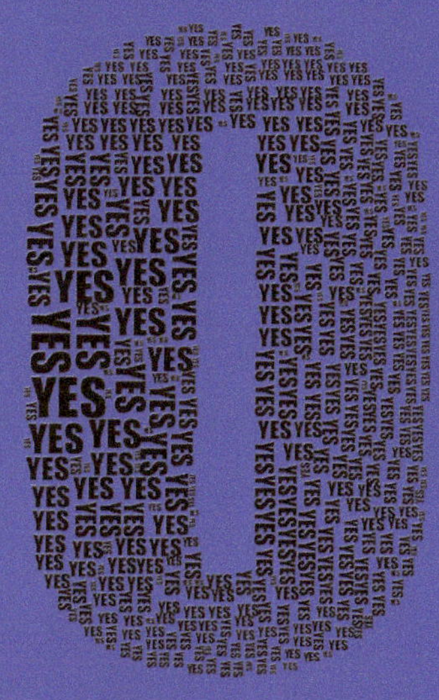

> Il mio sguardo strano fece arrabbiare Amanda che gridò : " Smetti di guardarmi negli occhi, stronza!"

Rendendomi conto che non avrei scopato oggi, decisi di andarmene. Vedendo questo, Amanda mi inseguí con il machete. Schivai il suo swing e la feci inciampare sul gigantesco gioco di Jenga, facendolo crollare su di lei. Questo l'ha messa fuori combattimento ed ero libera di andare. Pensai se essere una brava ragazza e di vedere come stesse la mia nemica, ma decisi che preferivo uscire di qui viva. Mi vvicinai alla porta e prima di uscire esclamai "Jenga!"

Da un Funerale ad un Matrimonio.

"No! Dominic, perché sei dovuto morire? " Lisa esclamò e sbatté il coperchio della bara nella chiesa piena.

Dominic Morell era un famoso comico e Lisa aveva pensato che stesse scherzando quando l'aveva chiamata dall'ospedale per dirle che stava morendo. Aveva affermato di morire per l'influenza che il governo aveva usato per ottenere il controllo sulle masse ignoranti. Eppure eccola qui, al funerale del suo fidanzato e, peggio ancora, il funerale è stato lo stesso giorno del loro matrimonio previstto.

Dominic voleva che le cose andassero in questo modo. Le sue ultime parole durante la riunione Zoom erano state: "Assicurati di utilizzare la nostra prenotazione per il giorno del matrimonio per il mio funerale. Non voglio pagare due volte la chiesa ". Dominic era morto da solo in isolamento sotto il decreto "costringi la gente a morire da solo in isolamento" di Scurry Morrissette del 2020.

Lisa si schiarì la gola e guardò gli amici, i parenti ei membri della stampa presenti. "Dominic era un grande uomo e sono scioccata dalla sua morte. Questo non sarebbe mai dovuto accadere. Avevamo intenzione di sposarci in questo stesso giorno. " si lamento Lisa e iniziò a piangere. I ripetuti lampi di fotografia le bruciavano negli occhi e fissava la folla con occhi vuoti.

"Ciao. Sono tra l'incudine e il martello. Qualcuno può portarmi via da qui? Sono in ritardo per il giorno del mio matrimonio! " Dominic gridò dall'interno della bara.

Lisa si sentì scioc-

cata, ma sentire la voce di Dominic la riempì anche di speranza. Afferrò un paio di forbici e tagliò il nastro che avvolgeva la bara. Lisa fece un respiro profondo. Sperava di vedere un Dominic vivo e vegeto con uno stupido sorrisetto. Eppure temeva che potesse essere morto a causa dell'influenza, dopotutto, e le aveva lasciato una registrazione come suo ultimo scherzo.

Lisa aprí la bara e Dominic spuntó con un grande sorriso. "Ciao Lisa, sei eccitata per il giorno del nostro matrimonio?" Esultò Dominic.
"Sei vivo!! Ma come è successo? Sei risultato positivo ala famosa influenza e sembrava che stessi morendo l'ultima volta che ti ho visto " Si chiese Lisa.
"Sì. Come si è scoperto, avevo solo i postumi della sbornia e l'infermiera ha testato per errore un frutto di papaia ". Cinguettò Dominic.

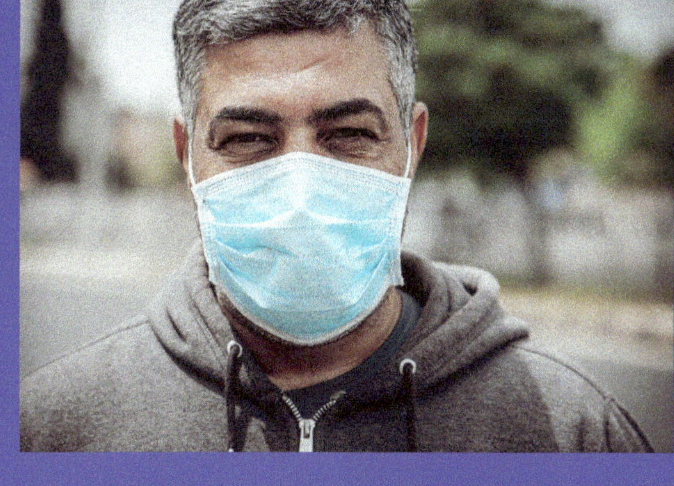

"Ma perché hai simulato la tua morte?" chiese Lisa.
"Temevo che Scurry avrebbe tentato di vietare il mio matrimonio. Ma sapevo che non avrebbe vietato il mio funerale. Quindi, ho pensato che avrei potuto fare uno scherzo a tutti organizzando un matrimonio travestito da funerale ". spiegó Dominic.
"Questo è puro genio. È per questo che ti amo." Esclamò Lisa e baciò Dominic.

Scurry, d'altra parte, ha affrontato una tragica fine. Incazzato per lo scherzo, è morto soffocato per la rabbia.

Dopo il matrimonio, Lisa e Dominic hanno vissuto felicemente insieme per molti anni. Scurry, d'altra parte, ha affrontato una tragica fine. Incazzato per lo scherzo, è morto soffocato per la rabbia.

Lasciando il gatto fuori dalla borsa.

Il mio nome è Smokey e sono una femmina felina di quattro anni. Vivo con l'umano più eccentrico che ci sia, John. Tutto quello che fa è fissare il suo computer e premere dei pulsanti. Non riesco a capire come possa essere soddisfatto di una vita così triste. La mia vita è molto più eccitante. Il cibo è abbondante e ci sono cinque posti perfetti per sonnecchiare nell'appartamento di John. Cosa può volere di più una gatta?

Il mio unico problema con il mio servo umano è che è sordo. Quindi, chiedergli del cibo non dà buoni risultati. Invece, devo sfregarmi contro di lui per ottenere ciò che voglio, qualcosa che spesso fraintende come un bisogno di coccole. Bah, ridicolo. Ma come ho detto, cibo in abbondanza e cinque comodi posti per sonnecchiare. La vita potrebbe essere peggiore.

Mi sono svegliata da un bel pisolino quando ho sentito un suono stridulo. Era un topo! Sebbene John non l'abbia mai dichiarato esplicitamente, ho pensato che uccidere i topi fosse una parte della descrizione del mio lavoro.

Sono sgattaiolato verso il topo quando ho

avuto un'illuminazione; che aggirarsi furtivamente intorno ad un topo è stato il momento più emozionante che ho avuto da anni. Molto più interessante che guardare John che fissa il suo computer. E se potessi fare amicizia con il topo in modo da poter giocare a nascondino ogni giorno? Ciò renderebbe i miei otto anni rimanenti molto più interessanti che se avessi ucciso il topo.

Mi sono avvicinato al topo e ho detto "Miao". Questo era un po' inarticolato perché volevo dire: "Ehi, mi chiamo Smokey. Sono solo e annoiato. Diventiamo amici?"
Il topo disse: "Pip, squittio" e scappó. Quanto è stato maleducato? I maledetti topi non hanno buone maniere. Mi aspettavo una presentazione adeguata!

Mi sono reso conto che potrebbe esserci una barriera di comunicazione tra la nostra specie. C'era solo un modo per risolverlo. Inseguire il topo e tenerlo premuto mentre spiegavo le mie intenzioni. Non sarebbe stato facile, ma non avevo niente di meglio da fare. Detto e fatto, ho inseguito il topo. Dopo un breve inseguimento, l´ho raggiunto. L'ho tenuto giù con la mia zampa anteriore destra mentre ritraevo gli artigli per assicurarmi di non ferire il mio nuovo amico. Ho guardato il

topo negli occhi e ho parlato.
"Meow, Meow."
"Pip Pip."
"Meow, Meow."
Dopo la nostra infruttuosa conversazione, il topo ha finto di essere morto. Che scherzo. Potevo sentire il suo battito. Ma poi mi sono preoccupato. E se avessi ucciso involontariamente il topo? Ho tolto la zampa dal topo e ho capito perché non fosse una buona idea. "* Beep * tu!" Il topo ha detto, mi ha morso il naso ed è scappato.

Ho capito che non avrei fatto un nuovo amico oggi. Era ora di fare il mio lavoro e uccidere il topo! Inseguii il topo che saltó nella borsa di John per nascondersi. Saltai dietro al topo, ma quando entrai nella borsa, essa cadde e si chiuse da sola. Imbarazzante.

"Miao, Miao, Miao" gridavo, ma inutilmente perché John era sordo.

Il lato positivo è che sono rimasto bloccato in uno spazio ristretto con il topo ed abbiamo avuto abbastanza tempo a disposizione per risolvere le nostre differenze culturali. Ho saputo che il nome del topo era Squeaky e che aveva avuto 72 bambini. Ma li aveva lasciati tutti in Asia, quando si imbarcò su una nave portacontainer diretta in Australia.
Mi sentivo un po 'geloso perché il topo aveva così tanti bambini mentre io non ne avevo nessuno. Il lato positivo è che non dovevo temere per la mia vita e mangiare fuori dai cassonetti, quindi era cosí la mia vita.

Alla fine, John raccolse la borsa in cui mi trovavo ed andò al lavoro. Pensai di scuotere la borsa per avvertirlo della mia presenza, ma

decisi di non farlo. Squeaky aveva avuto una vita così interessante ed anche io volevo vedere anche il mondo esterno!

Dopo un po ', John posó la borsa e sentii che stava tamburellando su una tastiera al lavoro, come al solito. Quest´uomo ha una vita così noiosa!

Dopo un po' sentii una voce femminile: "John, puoi venire nel mio ufficio a mostrarmi il tuo ultimo prototipo?"

John prese la sua borsa e la posò su un tavolo. Aprì la borsa e raccolse Squeaky mentre guardava il suo capo.

"Eeek ! Perché mi dai un topo? " Gridò il capo. "Oh! Cos'è quello?" John gridò e lanciò Squeaky contro il muro. Mi alzai per assicurarmi che Squeaky stesse bene. "Miao, Miao! (Qualcuno può chiamare un veterinario, per favore?) "Miagolai.

Ma nessun veterinario venne. Invece, arrivó un'ambulanza poco dopo e portó il capo di John in ospedale. Apparentemente, il capo di John aveva una grave allergia ai gatti, chi l´avrebbe potuto indovinare?

Alla fine, Squeaky e il capo di John sono sopravvissuti al calvario, ma John ha perso il lavoro a causa dell'incidente. Ciò significava che aveva più tempo per accarezzarmi e tenermi compagnia. A volte, accadono belle cose quando un gatto viene tirato fuori dalla borsa.

> Alla fine, Squeaky e il capo di John sono sopravvissuti al calvario, ma John ha perso il lavoro a causa dell'incidente.

Se trovi il mio stile di scrittura piacevole da leggere, dai un'occhiata e dai un'occhiata ai miei romanzi.

I miei libri sono disponibili come e-book, audiolibri, tascabili e copertine rigide. Per favore vai al mio sito:

www.martinlundqvist.com

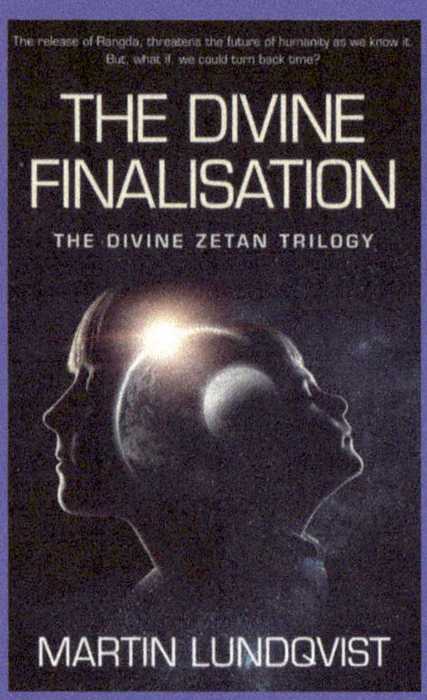

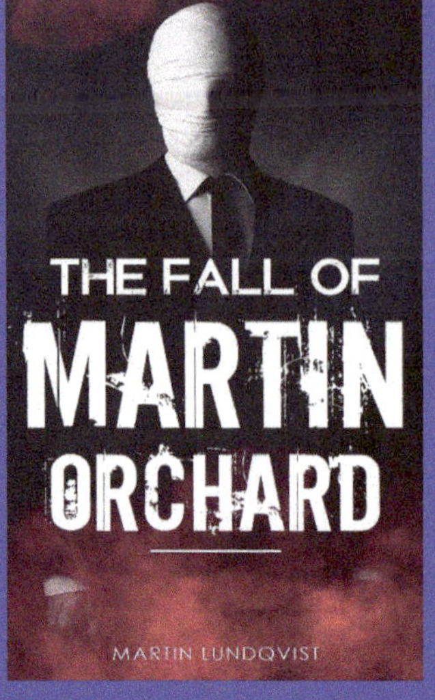